LE DOIGT DE DIEU,

OU LES

TEMPS A VENIR DÉVOILÉS,

PRÉDICTIONS TROUVÉES DANS LA POCHE D'UN VIEIL HERMITE,

(De l'an 1789 à l'an 2240)

Publiées par Adolphe **DORÉ** *(de Sens).*

Le bras du Seigneur n'est point raccourci pour ne pouvoir plus sauver.

ISAÏE.

RHEIMS,

IMPRIMERIE DE E. LUTON, PLACE ROYALE, 1.

1837.

LE

DOIGT DE DIEU.

LE DOIGT DE DIEU,

OU LES

TEMPS A VENIR DÉVOILÉS,

PRÉDICTIONS TROUVÉES DANS LA POCHE D'UN VIEIL HERMITE,

(De l'an 1789 à l'an 2240)

Publiées par Adolphe DORÉ *(de Sens)*.

Le bras du Seigneur n'est point raccourci
pour ne pouvoir plus sauver.

ISAÏE.

RHEIMS,

IMPRIMERIE DE E. LUTON, PLACE ROYALE, 1.

1837.

Histoire du Sergent Pierre.

A mon Ami

Louis Chouvereau.

Il te souvient, n'est-ce pas, de cette amitié d'enfance, si bruyante, si franche et si gaie, et de ces douces soirées auprès d'un bon feu, dans ma chambre de collége.

Toi, tu traçais des lignes; tu voyais ton avenir dans la solution des problèmes les plus ardus de la géométrie ; et moi, moins ambitieux, ne pensant qu'au présent, je me bornais à rimer sur ton tableau un prétentieux couplet. Tu n'as pas oublié ces innocentes et amicales colères, quand, par malheur, le dernier pied de mon vers empiétait sur ton carré de l'hypoténuse; et alors, tu ne m'écoutais plus : mes flots d'harmonie coulaient inutilement, et si ma verve me portait à te citer le commencement de quelques grands drames, si je te déclamais quelques alexandrins bien orgueilleux, — toi, la craie à la main, la manche relevée, tu me répondais : Le carré fait sur l'hypoténuse d'un triangle rectangle est égal à la somme des carrés faits sur les deux autres côtés; et puis, courant ton train, reconstruisant ton carré, estropiant ma poésie, tu en arrivais à conclure : que les carrés des deux côtés de l'angle droit sont entr'eux comme les segments de l'hypoténuse adjacents à ces côtés.

Il fallut bientôt nous séparer, mon cher

Louis, et deux ans après, par le plus grand des hasards, nous nous rencontrions à Paris, commensaux d'un même hôtel. C'était, je crois, au mois de septembre; tu quittais l'institution Mayer, la rue Saint Jacques et le quartier latin, et ta modestie d'écolier venait s'installer pompeusement dans un appartement de la rue Vivienne.

Dans ta chambre, c'étaient encore la craie et le compas, le tableau avec ses chiffres, ses angles, ses arcs et ses lettres; — dans la mienne, c'était toujours, ici la première scène d'un drame qui ne devait pas être achevé; là, c'était la fin d'une tragédie qui n'avait pas encore son commencement, et puis des vers, et puis des couplets, et puis de la prose: enfin, c'était la confusion, c'était le beau désordre de l'art.

Et il y avait à part un manuscrit bien sale et bien jaune; qu'il était gras! mon Dieu, mais aussi qu'il était bien vieux : c'était quasi une demi-antiquité ! Et je t'appris comme quoi un vieux soldat, débris éloquent de cette armée napoléonienne, dont les hauts faits sont comme des féeries et des merveilles, était expiré, me laissant, à moi, ce cahier sur lequel on lisait pour renseignement : *Trouvé dans la poche d'un vieil hermite aux environs de Sarragosse,* — et à la suite, trois hauts points d'admiration !!!

Je t'appris encore comme quoi ce vieux reste d'une grande gloire avait une petite fille qui s'appelait Kathe, jeune enfant à l'œil bien noir, à l'âme simple et naïve, au cœur candide, à laquelle il laissait pour toute fortune un sabre d'honneur, des épaulettes de grenadier, la croix des braves, et un portrait de sa majesté l'empereur et roi Napoléon !

Il me laissait, à moi, ce manuscrit qui

excitait ton rire, et avec cela deux blanches moustaches qui croissaient depuis 1809. Et c'étaient ses reliques sacrées que ces moustaches, son empereur les lui avait tirées en lui donnant l'étoile du courage et de l'héroïsme; et le petit caporal, en lui conférant cet insigne d'honneur, lui avait dit : Pierre (car c'était son nom), Pierre, quand tu sauras lire, je te ferai capitaine! Mais Pierre était têtu; il démontrait qu'un bon coup de sabre vaut mieux qu'une belle écriture : il n'apprit rien — et il mourut sergent.

Je t'ai dit encore, qu'un jour le vieux soldat se sentant malade, me fit appeler. Or, il faut que tu saches que le grognard était philosophe, et qu'il philosophait assez passablement. Quand je fus près de lui, il me fit asseoir, et, rassemblant ses forces, son éloquence et sa philosophie, il me tint ce discours :

« L'existence a un terme, mon enfant, et je sens que ma fin approche. Si ma mort était prématurée, j'aurais droit peut-être d'accuser celui qui, m'ayant donné la vie, me la ravirait sitôt; mais cette tête blanchie dans les camps est dépouillée de sa chevelure; ces yeux ne distinguent plus; ces membres sont sans vigueur, et ces jambes maintenant ne soutiennent plus ce corps chargé de trop d'années. Oui, je m'en vais, et moi, je trouve que j'ai assez vécu : Dieu ne m'appelle à lui que parce que la nature me repousse et ne veut plus de moi.

» Mon enfant, continua-t-il, — mais plus bas, — mon enfant, je laisse une fille sans appui et sans moyen d'existence; c'est pour elle que je t'ai fait appeler; c'est pour réclamer de toi un dernier service. Tu feras, n'est-ce pas, mais quand je n'y serai plus, car je ne veux rien demander; tu feras pour

Kathe une pétition, tu réclameras pour elle du pain : c'est la fille d'un soldat qui a trente-cinq ans de service, dix-sept blessures et quatre-vingts ans. »

Quand il cessa de parler, il s'assoupit. Kathe s'avança lentement auprès de son vieux père ; elle déposa un baiser sur son front vénérable ; et, le soir, j'appris que le bon sergent avait rendu son âme à Dieu. Et il ne se plaignit point : arrivé à cette époque où la vieillesse n'est plus la vie, s'il n'appelait point la mort, il ne la craignait et ne la repoussait pas ; d'ailleurs son existence était sans vide : plus haut placé, il eût parodié le mot d'Auguste,—car lui aussi, bien que soldat et du bas étage, il disait qu'il avait bien joué son rôle. Ce que c'est qu'un grain d'amour-propre !

Aujourd'hui, peut-être ne reste-t-il du pauvre Pierre que le souvenir : la tombe l'aura dévoré. Kathe, inconsolable après deux années, pleure encore d'abondantes larmes, et moi, je ne pense jamais à tout cela sans ressentir une émotion triste et indéfinissable.

Lorsque je t'eus raconté cette histoire, tu ne riais plus, mon cher Louis; tu me demandas, s'il t'en souvient, ce que je comptais faire de ce manuscrit, et moi, je te répondis : Rien! et cependant aujourd'hui, le voilà qui paraît sous la forme d'un livre. Pourquoi cela? je l'ignore : ce que j'en sais, c'est que je t'offre l'hommage de ce legs du soldat, qui pourrait bien être le testament d'un diplomate.

Adieu! tout à toi, et à bientôt.

Ton ami,

ADOLPHE DORÉ.

20 juillet 1837.

P. S. J'oubliais de te dire que Kathe allait doter un jeune homme de ses vingt ans et de ses beaux yeux. — Un ami commun m'a en outre informé qu'elle recevait de la munificence royale une pension de 600 livres : on payait le sang de son vieux père, ce sang donné généreusement à la patrie; on essayait de la compensation.—Adieu encore!

LE DOIGT DE DIEU.

Alors le Seigneur me parla et me dit : Écrivez ce que vous voyez ; écrivez-le distinctement sur des tablettes, afin qu'on puisse le lire ; — car ce qui vous a été révélé paraîtra en son temps.

Le Prophète HABACUC.

I.

Comme elle tourne, la terre, avec ses forêts et ses montagnes! comme elle marche vite autour de moi, entraînant, dans son mouvement impétueux et rapide, et ces plaines d'eau qui lui font comme une ceinture azurée, et ces vallons et ces collines, et ces nuages blancs qui ne fuient plus, et ce ciel bleu, odorant et génital!

Comme elle court! oh! mais je rêve et je dors, mon esprit s'hallucine : quelle animation! — Tout marche, marche : moi seul, je suis là comme attaché; on dirait, à me voir, que je ne pense pas, et cependant ma tête est trop étroite pour embrasser ces grands et gigantesques tableaux qui se déroulent, pour pénétrer tant de profondeur : elle est dans la tourmente!

Et puis, mes yeux s'obscurcissent, ma poitrine est haletante comme à la suite d'un pénible cauchemar : — tout marche, marche, marche encore; — oh! je rêve!

Mais d'où vient tout cela? La terre n'est-elle plus la terre, le chaos est-il revenu, et l'univers s'est-il abîmé dans un nouveau néant? — Oh! je sais : elle court encore, les arbres se déracinent, les fleuves déchaînés entraînent avec eux les troupeaux et les chaumières : c'est un mouvement terrible!

— On croirait qu'il y a là le doigt de Dieu!

Et puis le vent siffle, le ciel s'entr'ouvre, comme pour donner passage à ses colères, l'éclair sillonne la nue. — Qu'est-ce? — Oh! je sais : c'est un maître puissant et armé qui frappe, c'est encore un père insulté qui jette ses malédictions, — et il y a là le doigt de Dieu!

Et puis, mes pas ne tiennent plus au sol; la terre m'échappe, et pourtant je demeure: je suis le centre immuable d'une masse qui s'ébranle, d'une immensité sans fin qui s'agite, et cette masse tourne, tourne encore, elle vole; et avec ces grands arbres qui la suivent dans sa course ou dans sa chute, on la dirait échevelée : c'est comme une cavale indomptée et sauvage. C'est effrayant! — Qu'est-ce donc? — Oh! je sais : les nations ont juré, renié, blasphémé, et le blasphème est retombé sur les nations; dans leur poussière, les peuples ont voulu se grandir; ils ont levé la tête, les insensés! pour crier anathème, et l'anathème de tout son poids est retombé sur les peuples, et leurs têtes orgueilleuses ont été abaissées, écrasées, broyées. — Il y avait là le doigt de Dieu!

Et alors je vis tout s'arrêter, et je ne fus plus ce que j'étais. Il me sembla que je sortais d'un long sommeil: les arbres avaient repris leur verdure; mais ils portaient des fruits étrangers.

Et j'étais seul, et la nature était déserte.

Et quand mes yeux ne furent plus troublés de ce long tourbillon, je regardai autour de moi, et je ne vis rien qu'une campagne immense et fleurie, et je me crus dans l'enchantement. C'était une terre plus belle, qui paraissait donner pour rien et produire sans culture; c'était un ciel plus beau; il y avait des brises dans l'air, et à tous les arbres pendaient des fruits suaves et doux.

Et voyant cela, j'admirai, je me recueillis, et je priai.

Et, dans mon recueillement, il me sembla que cette terre n'était pas ma terre : j'y vis les traces d'un printemps éternel : c'était mieux que les forêts vierges de la jeune Amérique; c'était mieux que les bosquets de la belle et poétique Italie; c'était mieux que les sites les plus enchanteurs de la Suisse pittoresque.

Et, dans mon admiration, je crus être au ciel, dans ce jardin féerique que nous appelons Eden, et je tremblai, et je me prosternai.

Et les ruisseaux murmuraient, serpentant au milieu de prairies en fleurs; les oiseaux soupiraient des chants qui s'élevaient comme des hymnes pieuses à la gloire du créateur, et ce sol étranger exhalait pourtant un parfum délicieux de patrie.

Et cette terre — peuples, écoutez! — cette terre, c'était la grande patrie des justes, espace incommensurable, riche et brillant de tous les trésors d'un éternel printemps : c'était Eden!

Dites, peuples, n'y avait-il pas là le doigt puissant de Dieu?

II.

Et la nuit vint, couvrant cette terre si féconde et si belle de son voile étincelant, et l'oiseau, sur l'arbuste, parla encore son divin langage, comme pour me bercer à l'heure du repos; puis je n'entendis plus rien que le bruit des cascades.

Et il arriva que mes yeux s'appesantirent, et je m'assoupis dans cette ravissante contemplation.

Et je priais mentalement, et dans mon

sommeil, il me vint de ces songes dorés : — illusions joyeuses qui courent avec vous le printemps de vos ans, et qui s'en vont, mourant avec les derniers jours de votre enfantine adolescence.

Et je vis des anges qui passaient et passaient sans cesse; leurs blanches ailes ne se mouvaient que pour lancer des gerbes d'étincelles, et elles exhalaient autour d'eux des parfums et de suaves senteurs, et chaque frémissement m'apportait comme un nuage de brises embaumées.

Et il en était qui n'avaient que deux ailes, d'autres en avaient quatre, et d'autres encore en portaient jusqu'à huit.

Et quand ils marchaient, ils ne touchaient point la terre, c'était un vol aérien et gracieux, et ils avaient une figure juvénile ; leur taille était élancée, et ils étaient beaux.

Et tous ils entourèrent un trône si brillant

que je ne pus le fixer; et de chaque côté, il y avait encore un trône, étincelant chacun comme un soleil.

Et le trône du milieu était le plus élevé et le plus riche, et j'entendis des chants pieux, et des voix disaient :

« Hosanna! Hosanna, au fils de David!

» La voix du Seigneur est grande, et elle retentira au jour dernier comme le fracas des orages, et elle couvrira l'immensité.

» Et le juste s'avancera riche de bénédictions, et pour une vie d'un instant, il recevra une éternité de jours.

» Et le méchant sera dans la confusion, il se frappera la poitrine, et il y aura pour lui des grincements de dents.

» Et il disparaîtra comme la feuille d'automne ; il passera comme un nuage que chasse un ouragan terrible, et le juste au contraire sera comme un fondement éternel.

» Et ce jour-là viendra ; et ce sera une désolation universelle, et il y aura des pleurs et des soupirs.

» Et les vivants seront pâles d'épouvante ; ils voudront fuir et ne le pourront pas ; ils seront glacés et comme attachés ; et les morts se dresseront sur leurs tombeaux, secouant la poussière des bières.

» Et il y aura pour eux un nouveau jugement.

» Et le pauvre dans sa misère sera consolé.

» Et le riche et le puissant, s'ils n'ont fait le bien, seront maudits.

» Et ce jour-là, ce sera un jour de grande égalité.

» Et ce jour-là, les rois n'auront plus de sceptres, et le peuple n'aura plus de haillons.

» Et ce jour-là, il n'y aura qu'un roi, et ce sera le fils de Dieu!

» Hosanna! Hosanna, au fils de David! »

Et les chants cessèrent, et tous les anges inclinés attendaient.

Et au pied du trône qui était le plus élevé, il y avait un ange qui portait dans sa main droite un glaive de feu, et cet ange s'écria : Dieu seul est grand! et le front des anges vint frapper la terre.

Et alors, ce fut une harmonieuse symphonie : il me sembla que les anges chantaient la mère de douleur, la Vierge, qui enfanta par la seule volonté de Dieu, et je crus entendre les accords de Pergholèse. C'était à diviniser l'âme!

Et les sons expirèrent peu à peu, se prolongeant comme un soupir de trépassé, et je ne vis plus rien.

Et alors le voile se déchira, l'illusion s'enfuit, et je dormis encore, mais j'étais bien triste dans mon sommeil décoloré et pâle.

Et puis, il se fit que mes yeux s'ouvrirent, et je me demandai si ce n'était là qu'un songe; et cependant, il y avait encore autour de moi les brises embaumées de la nuit, et ces parfums n'avaient rien de terrestre.

Et je compris que le Seigneur avait des desseins sur moi; et dans cette vision, je reconnus visiblement la volonté du Très-Haut. — Il y avait encore là le doigt de Dieu!

III.

Et c'était un tableau ravissant! l'aube blanchissante argentait la campagne, et du côté de l'orient, le soleil lançait ses mille gerbes de feu.

Et moi, je bénis le créateur, et dans mon humilité, je m'inclinai devant cette somptueuse majesté. Qu'elle était grande! et que j'étais ébloui!!

Et les oiseaux commençaient leur ramage, et on les voyait sautiller sur la branche fleurie, et du frémissement de leurs ailes, ils épanchaient les larmes de la nuit.

Et cependant la cascade soupirait son doux murmure, et le ruisseau semblait redoubler son bruit argentin : on eût dit que la nature entière voulait célébrer son mélodieux réveil.

Et il arriva que le soleil, en commençant sa course, se trouvait sous mes pieds, et en se balançant dans sa marche imposante, il s'éloignait.

Et moi je me dis : Qui nous éclairera? et je crus entendre une voix qui me répondait : Celui qui n'a pas confiance dans le Seigneur n'a point la foi, et celui qui n'a pas la foi ne sera point sauvé.

Et en cet instant, le trône de Dieu inonda l'immensité d'un torrent de lumières, et l'espace fut envahi par d'étincelantes clartés; et la même voix qui avait déjà parlé s'écria : Vous avez cru et vous n'aviez pas la foi, et en vérité je vous le dis : il y en a beaucoup qui seront appelés, mais peu seront élus.

Et je vis un nuage qui descendait.

Et dans ce nuage, il y avait un ange aux formes légères et aériennes, et il portait des ailes jusqu'au nombre de huit ; et je compris qu'il était l'envoyé du Très-Haut, et tombant à genoux, je m'écriai : Dieu seul est grand, que sa volonté s'accomplisse !

Et l'ange était à mes côtés : il me prit la main, et la touchant, il me dit :

« C'est moi qui suis le ministre du Seigneur, et c'est le Seigneur qui m'a envoyé à vous, afin que sa parole soit entendue et écoutée.

»Et je vous le dis, pour que vous le sachiez; parce que vos mains n'ont pas été impures, le Dieu qui est tout-puissant vous a choisi parmi tout son peuple.

» Et parce que votre cœur n'a point nourri de mauvais desseins, et parce que vous avez fui les méchants et recherché les bons, il a étendu sur vous sa grâce, et il vous a couvert de sa miséricorde.

» Et parce que vous avez fait le bien en retour du mal, et parce que le pauvre a trouvé un refuge dans votre demeure, et parce que vous lui avez donné du pain et un vêtement, il vous a béni et vous a appelé.

» Et vous prophétiserez.

» Et vous annoncerez au peuple les temps à venir, et les peuples vous croiront.

» Et vous direz aux nations les grands événements que Dieu leur réserve, et les nations auront foi en vous — parce que votre voix sera la voix du prophète et qu'elle émanera du Seigneur.

» Mais je vous le dis en vérité : les temps derniers ne sont point encore proches ; amassez et ne dissipez point, car il y a encore de grandes choses qui ne sont pas accomplies.

» Et vous verrez des lauriers nombreux sur la tête de jeunes vainqueurs, et puis la paix à la place de la guerre.

» Et les peuples semeront pour récolter, et les armées ne ravageront plus le sol qu'aura fertilisé le laboureur, et la cavale de l'étranger ne broutera plus l'écorce de vos arbres.

» Et une soldatesque insolente ne viendra plus parader dans vos cités, ravir vos femmes et déshonorer vos filles.

» Et une soldatesque insolente n'insultera plus à vos monuments de gloire ; les campagnes ne retentiront plus de leurs hymnes guerriers, et l'étranger ne fera plus bruire dans vos hameaux sa trompette de guerre.

» Et les arts fleuriront avec un nouvel éclat, et le progrès marchera à pas de géant.

» Et l'on suspendra à la muraille les épées et les lances, et ce temps-là sera appelé un nouvel âge d'or.

» Et cette époque-là n'est pas éloignée.

» Et les nations s'écrieront : D'où vient donc ce grand changement? et elles seront plongées dans l'admiration et l'étonnement.

» Et ce bonheur-là leur viendra des puissants de la terre, qu'elles auront reniés et injuriés.

» Et vous leur direz — que le Seigneur a posé sa main sur la tête des rois, et qu'il faut honorer les rois comme les représentants de Dieu en ce monde.

» Et vous leur direz — que le Seigneur leur a donné la grâce et la force, la puissance et la volonté, et qu'il faut les aimer et les respecter comme les élus du Très-Haut.

» Car je vous le dis : c'est par eux que le progrès arrivera, c'est par eux que les lumières viendront aux peuples, c'est par eux que Dieu prépare aux nations une ère nouvelle.

» Et je vous le répète, ces temps-là sont proches, car les rois ont la bonne volonté, et Dieu m'a envoyé à vous pour que vous annonciez aux peuples une époque de renaissance.

» Et ces grands changements commenceront du côté de l'occident, et l'élu d'une nation forte sera aussi l'élu de Dieu, et son peuple marchera avant tous les autres peuples.

» Et l'on verra dans ces temps-là un tronc reverdir, et cinq jeunes rameaux cacher les blessures du chêne.

» Et le chêne et ces jeunes rameaux seront si profondément enracinés dans le sol, qu'ils ne seront pas ébranlés.

» Et leurs racines seront attachées aux quatre coins d'une grande nation ; et elles seront vivaces, indivisibles et unes.

» Et ce sera une grande joie pour tous, et chacun se ralliera sous leurs ombrages protecteurs.

» Et vous leur direz cela, et vous serez cru.

» Et vous prophétiserez.

» Et votre voix sera la voix du Seigneur, et elle dominera tout, et elle sera seule entendue.

» Et chacun s'écriera : Mais d'où lui vient cette science ? et vous répondrez : Cette science-là me vient de Dieu qui m'a envoyé, et je suis le prophète chargé d'annoncer les temps nouveaux. »

Et alors l'ange se tut, ses ailes frémirent,

et je le vis, porté sur un nuage de senteurs, diriger sa course du côté de l'occident.

Et les trônes que j'avais vus dans mon sommeil m'apparurent encore, et ils jetaient des clartés plus vives, et j'entendis distinctement les chants pieux des archanges.

Et je vous le demande, peuples, n'était-ce pas là le doigt de Dieu?

MON BON ANGE.

Et il y aura aussi de grands exemples et de terribles leçons, et les rois et les peuples les auront gravés dans leur mémoire.

Novissima Verba.

I.

Et cependait le jour s'avançait, et ce n'était déjà plus le matin. Le ciel était pur, et si quelquefois un nuage blanc et léger courait au-dessus de ma tête, c'était pour briser la monotonie de la voûte toujours azurée, et pour jeter çà et là, et par intervalles, de ces accidents de lumière qui changeaient la décoration de cette belle et sublime nature.

Et j'errai dans ces prairies sans bornes et dans ces bosquets éternels; et partout, sur cette terre qui me paraissait vierge, je trouvai des fruits si suaves que j'en étais dans le ravissement.

Et je vis un arbre qui était plus beau que tous les autres arbres : sa tête élevée se perdait dans l'air, et ses rameaux touffus, semblables aux branches du saule pleureur, jonchaient le sol et venaient se marier à l'herbe des champs.

Et mon bras était tendu, et ma main déjà s'avançait pour cueillir une de ces pommes d'or qui se cachaient sous la feuillée, quand la foudre éclata devant moi, et il y eut dans l'atmosphère une odeur de soufre qui suffoquait. Et le ciel cependant était bleu et calme, il n'avait rien perdu de sa sérénité.

Et une voix me cria : « Arrête! cet arbre est l'arbre de la science du bien et du mal, c'est aussi l'arbre de la tentation et du péché : arrête ! car il est devenu l'arbre de mort ! !

» Et c'est par lui que l'homme s'est trouvé déchu et qu'il a perdu l'immortalité.

» Et c'est par lui que l'homme travaillera à la sueur de son front et de son corps.

» Et c'est par lui que l'homme vivra dans la peine et qu'il sera soumis aux privations.

» Et c'est par lui que la femme enfantera toujours dans les douleurs et les soupirs.

» Et c'est par lui que l'homme naîtra dans le péché et pour le mal, et qu'au jour dernier, il y aura pour le méchant un séjour qui n'était que pour les anges rebelles, — et qu'il gémira, et qu'il pleurera, et qu'il grincera les dents, comme si l'on déchirait ses entrailles et sa poitrine.

» Oh ! cet arbre, vois-tu, c'est l'arbre de la malédiction ! ! »

II.

Et je vis de nouveau à mes côtés cet ange qui était là comme mon ange gardien, et moi je ne pouvais parler : j'étais dans l'épouvante, et je remerciais le Seigneur de ce qu'il m'avait couvert de sa grâce et sauvé de l'abîme.

Et mon bon ange me dit : « Il y a eu dans

les temps Isaïe, Jérémie et Baruch qui ont prophétisé;

» Il y a eu Ezéchiel et Daniel, Osée, Joel, Amos et Abdias qui ont dévoilé l'avenir;

» Il y a eu encore Jonas et Michée, Habacuc, Aggée et Zacharie qui ont parlé la parole de Dieu; mais ta voix, à toi, sera plus puissante que toutes leurs voix réunies; elle traversera les siècles, et quand le jour du jugement approchera, tu seras pour tous une lamentable et effrayante vérité—car, je te l'ai dit, ta voix aura été la voix du Seigneur, et dans chacun des jours qui se seront écoulés, on aura vu un événement prédit surgir, et l'accomplissement de tes prophéties.

» Et tiens, vois! » et l'ange en cet instant me montrait comme une glace immense qui s'était dressée devant moi; ou plutôt elle était fixée sur un rocher de cristal, et attachée aux quatre coins par des clous en diamant, et elle devenait visible et invisible.

Et sur cette glace, il y avait des millions de facettes qui toutes scintillaient, semblables à des pierreries au milieu de bougies étincelantes, et chaque facette s'encadrait dans une pierre précieuse, et la glace elle-même avait des bordures triples de rubis et d'escarboucles.

Et ces facettes étaient étiquetées, et sur le haut de l'une on lisait : Judée ! et sur une autre : Angleterre !

Et sur celle-ci, il y avait : Grèce ! et sur celle-là, il y avait : Russie !! — Et à ce nom là, je m'arrêtai un moment, et je vis, à la distance d'un siècle, le démembrement de ce grand empire, et il se formait de ses débris une Pologne ! et avec elle, trois gouvernements indépendants.

Et puis il y avait d'autres facettes, et

d'autres encore; et je voulais trouver celle où il y avait écrit : France! et je ne le pouvais; et l'ange voyant cela, me dit :

« Tu verras et tu raconteras; et il y aura de grands événements qui se passeront, et tu les écriras pour que chacun puisse les lire.

» Et il y aura aussi de grands exemples et de terribles leçons, et les rois et les peuples les auront gravés dans leur mémoire.

» Vois l'Angleterre, cette puissance si formidable, comme elle passe, passe, et se meurt par ses colonies qui échappent à la patrie-mère.

» Et l'Espagne! comme elle se déchire; comme avec ses ongles, à elle, elle se met en lambeaux, et puis soudain comme elle devient forte!

» Et l'Italie! cette fleur si long-temps

comprimée sous une main froide et rude, comme elle renaît, comme vite elle se refait brillante et riche, après s'être affranchie de son abrutissante domination!

» Et la France! vois, vois donc! quelles misères! mais aussi quelles grandes choses!! Oh! c'est une longue histoire, et je te la dirai; car les nations ont besoin de savantes instructions, et il leur faut aussi l'expérience du passé et la leçon du malheur.

» Et d'abord, regarde!» et je vis se succéder comme des tableaux mouvants les grandes époques de notre histoire. C'était Clovis à Tolbiac; c'était ensuite Charlemagne et sa gloire, et puis Louis IX combattant pour la croix, et mourant sur un sol étranger.

C'était encore François Ier, le roi preux et galant, et Henri IV conquérant son héritage les armes à la main.

Et tout d'un coup, j'arrivai à Louis XIV:

son siècle était illuminé par le génie de Richelieu, ce prêtre-guerrier, et la France rayonnait de puissance et de gloire.

Et l'ange me dit : Ces grandeurs que tu as vues, elles vont être anéanties; de ces bruyantes victoires, il ne restera qu'un souvenir bien pâle, et ce monarque si haut mourra abandonné—car, en ce monde, tout passe, hormis la parole du Seigneur.

Et en ces temps-là, on verra un arbre antique et affaissé par les ans, pousser deux jeunes rejetons. Tous deux d'abord auront égale sève; mais l'un jettera toute sa force, tandis que l'autre, dans sa croissance graduée, gardera tout le suc qu'il aura reçu, pour le transmettre aux nombreux rameaux qui s'enteront sur lui.

Et ce rejeton qui aura grandi si vite, il dépérira; il ne restera, de la famille nombreuse qu'il aura créée, qu'un bourgeon chétif et mince; et ce bourgeon-là, il ne donnera point vie à d'autres bourgeons; il mourra, après s'être détaché de la branche qui l'avait nourri : ce sera un bourgeon bâtard.

L'autre rejeton, au contraire, grandira en force et en fécondité; et puis, il en viendra à se séparer de la branche-mère, et il formera un arbre puissant, touffu et gigantesque. Un moment il sera ébranlé par l'orage; le tronc sera frappé; mais les rameaux pousseront plus beaux, ils seront vivaces, et le Seigneur les entourera d'un reflet d'immmortalité.

Et cet arbre-là, on l'appellera d'Orléans!

—Et l'autre?

—L'autre? oh! déjà il n'en est plus rien; ils sont passés après être revenus : leur règne est fini, un autre recommence, et moi, je ne réveille pas les morts, quand les morts ont besoin d'oubli, et que leur souvenir évoqué appelle sur leurs tombes des exécrations.

Et c'est Dieu qui a conduit tout cela, et c'est à Dieu seul qu'il appartient de maudire et de condamner : — les anges, eux, pardonnent, ils ne savent que prier et bénir.

Et en cet instant, il me sembla entendre des cris de joie; et sur le tableau, je vis un peuple qui se pressait autour de son roi; et ce roi, il proclamait l'amnistie, et on l'appelait Philippe Ier.

C'était un d'Orléans!

1789.

Et c'était une frénésie hideuse : la licence et la rage sous le nom de liberté.

Paroles du vieil Hermite.

En ce même lieu où les chiens ont léché le sang de Naboth, ils lécheront aussi votre sang.

Elie.

I.

Tu vois, me dit l'ange, comme les temps vont vite, comme les événements se succèdent et se pressent; mais ce n'est rien encore, écoute et regarde; nous sommes en 1789 : nous remontons pour continuer.

Et je vis le peuple en rut et comme ivre; il était en haillons; sa bouche écumait et proférait d'affreux jurements, et il se promenait, portant des têtes livides et des chairs pantelantes au bout de piques ensanglantées.

Et c'était une frénésie hideuse, la licence et la rage sous le nom de liberté; et la majesté des rois se trouvait violée par des attentats jusqu'alors inconnus.

Et c'était partout une odeur putride; c'étaient partout des cadavres dans la rue; c'était partout du sang et toujours du sang!

Et en ce temps-là, un échafaud se dressait qui devait porter un juste.

Et en ce temps-là, un prince jetait son gage à ce qu'on appelait la révolution et la liberté.

Et en ce temps-là, une tête de roi tombait; et puis une tête de reine, et puis des têtes et encore de nombreuses et puissantes têtes; et une république se formait, dérobant à la royauté ses hochets et son linceul.

Et ce fut une horrible confusion, un égarement satanique, et on adorait les statues de Bethel, de Baal et de Dan.

Et cette république, elle avait des traits mâles et vigoureux, son visage avait un air de prospérité et de force; mais son corps était hâve; ses bras étaient sans vigueur; elle avait des pieds d'argile : on eût dit un arbre sans vie, un tronc desséché, cachant son cadavre poudreux sous une cime chevelue et verdoyante.

Elle n'était point née viable, cette république qui vint au monde avec tant de fracas; sa naissance était hâtée, elle devait mourir à son aurore, et d'ailleurs, elle portait au front sa condamnation : c'était une tache de sang, —sang royal! qu'un monarque lui léguait, en présence du bourreau, avec le cercueil qui devait le porter, et le drap qui devait servir à son ensevelissement.

La république, c'était Mirabeau sur son lit de mort, l'œil ardent et le corps flétri. Mirabeau expire au milieu du bruit du peuple, qui donne un regret au fougueux moteur; la république, elle, elle abdique au bruit des canons, elle expire au milieu des salves : aux deux mêmes vies, les deux mêmes fins.

Sic labuntur omnia mundi.

II.

Et pendant que cela se passait, il y avait au loin de grandes batailles, et de riches moissons de gloire; et je vis de jeunes généraux, que décoraient des lauriers nombreux, qui brisaient des sceptres et des couronnes, et envoyaient à la république, pour la parer, des manteaux de rois.

Et ils étaient graves, et ils avaient des vertus austères; et leurs mœurs antiques changeaient et rajeunissaient une génération, et ils rachetaient devant le Seigneur les crimes des Robespierre, des Omar et des Marat.

Et il y en avait un qui s'appelait Hoche, et un autre Marceau, et un autre Bonaparte.

Celui-ci avait nom Jourdan, celui-là Masséna.

On nommait celui-ci Kléber, celui-là était appelé Desaix — jeune fleur qui allait mourir, en exhalant un dernier parfum.

Et il y en avait d'autres encore qui avaient noms Moreau — Bernadotte — Lannes — Ney — Oudinot.

Et il y avait des soldats que l'on appelait Soult — Mortier — Davoust — d'Auvergne; et à tous, il ne leur manquait qu'une couronne pour laisser après eux un prestige royal, comme ils communiquaient à chacun la conviction de leur génie.

Et cependant, ce linceul du juste servait à ceux qui avaient dressé son échafaud : quand le poignard n'en fit pas justice, la hache fit son devoir, et l'on eût dit l'accomplissement de cette parole du prophète :

> « En ce même lieu où les chiens ont
> » léché le sang de Naboth, ils lé–
> » cheront aussi votre sang. »

Et elle était disparue, cette république, ne laissant après elle que le souvenir de ses houteuses débauches et de ses sanglantes bacchanales ; elle s'en allait honteuse, se voilant la tête sous ses sales mains, et elle se glissait peureuse au milieu de vêtements de deuil.

Et partout, devant elle, il y avait des flots de cadavres : c'étaient des ombres échappées un instant à leur bière, des troncs mutilés qui se choquaient, accompagnant de leurs gémissements cette reine déchue, cette débauchée, qui s'était repue de leur chair et s'était soûlée de leur généreux sang.

Qui le croira? et pourtant que ces temps là sont bien proches!!

. . . .
. . . .
. . . .

Et pendant ces jours de douleurs et de calamités, l'étranger avait recueilli ce que la hache avait épargné, le surplus du bourreau. On désertait la patrie, ou plutôt la patrie était absente; on ne la retrouvait plus dans ce désordre universel, au milieu de cette confusion de tous les vices et de tous les crimes : les uns la voyaient dans les camps, où flottait le drapeau qui s'était ennobli et que la victoire avait tant de fois couronné; les autres se plaisaient à la voir là où était le roi, le prince errant, en fuite, et, pour ainsi dire, sans asile; ainsi, la patrie, ce n'était plus ce sol sacré pour lequel on meurt, cette terre où l'on reçoit la vie, que l'on quitte, l'œil humide, et que l'on revoit en pleurant: la patrie, c'était un homme, et peut-être bien n'était-ce qu'une espérance vague, incertaine et éloignée.

Et ceux-là qui avaient fui demandaient du pain à l'étranger, et l'étranger, de la même main qui frappait leur mère, donnait du pain à ses enfants.

Et il était au milieu de tout cela un prince plus haut que tous les autres princes; il avait, lui, senti son âme faillir en voyant son pays envahi, menacé; mais bientôt, quand il eut vu ces gloires amassées en un jour, ces triomphes désintéressés, il s'était réjoui; son cœur avait bondi dans sa poitrine, et, plus grand que le malheur, il n'avait pas voulu tendre la main, ni frapper ce sein qui l'avait porté.

Et de prince qu'il était, il s'était fait homme : mettant à profit les leçons de sa jeunesse, il montrait à l'enfance comment, sans se plaindre du sort, on supportait l'infortune; il lui enseignait de quel noble amour on devait aimer la patrie.

Et ce prince-là, Dieu le réservait à une grande nation, et pour de grands événements : il devait donner, quarante ans plus tard, un nouvel exemple de son généreux désintéressement et de son patriotique amour.

NAPOLÉON.

« Voici ce que dit le Seigneur : Vous avez
» bâti des maisons de pierre de taille,
» mais vous ne les habiterez point ; vous
» avez planté d'excellentes vignes, mais
» vous n'en boirez pas le vin. »

Le prophète AMOS.

Et cependant il était un jeune capitaine, aux cheveux plats, à l'œil ardent, au génie sur le front, qui inaugurait son nom au milieu du fracas des batailles. La France devenait le piédestal de sa puissance gigantesque, et son nom s'écrivait de lui-même sur le marbre, l'airain et le fer : c'était le fils du hasard; la patrie lui était échue.

Et tout d'abord il tuait cette liberté qui

l'élevait sur le pavois; cette liberté qui lui servait de mère et l'ennoblissait, il la chassait comme indigne, et il imposait à cent peuples sa volonté, sa puissance et un joug.

Et j'entendis le bruit des armes, le cri des trompettes qui se perdait dans l'air; je voyais des rois descendre de leurs trônes, d'autres rois qui montaient avec la même majesté; et c'étaient des cris de joie, des houras! et tout un peuple qui se ruait frénétique devant un parricide.

Et le peuple portait une longue chaîne dorée invisible à l'œil; — le parricide, lui, portait un sceptre de fer — et on l'appelait Napoléon!

Ce n'était plus ce jeune Bonaparte de brumaire : entre lui et le rouge bonnet républicain, il y avait alors l'espace et les progrès de vingt siècles, les lauriers de cent batailles.

Je le suivis un instant : il entra dans le sénat et demanda cent mille têtes, et le sénat lui donna cent mille têtes! — Il se courbait devant un front d'empereur!

Et je le contemplai ; et malgré moi, je m'inclinai devant tant de majesté : c'était Sylla, moins le sang ; Sylla, moins la maison de Mars ; Sylla, par toute l'omnipotence de la tyrannie ; mais aussi, c'était Alexandre et Annibal, par tout ce qu'il y a de plus grand ; c'était César foulant aux pieds la république dans les champs de Pharsale ; c'était lui, par toute la force du génie, par toute la puissance de la pensée.

Et puis la scène changea, et je vis un long feu, une fumée noire, large et bien sombre, et par intervalles, des flammes bleuâtres, rouges et échevelées, qui traversaient comme un éclair cette masse lugubre, se dessinant dans le lointain comme un soupirail de l'enfer ; et j'entendis un affreux craquement qui se prolongea comme un coup de tonnerre, précurseur d'un terrible orage, et un palais croula ! — Ce palais, c'était le Kremlin, l'antique berceau des czars ; cet incendie, c'était le premier éclair de nos malheurs !

Et ce géant des combats disparaissait pour faire place à une royauté trop vieille ; — et une grande nation reprenait son état d'atrophie : on l'abreuvait d'outrages.

Et puis soudain, je vis un royaume reconquis par la magie d'un nom ; et il y eut encore de grandes victoires, et il eut aussi une grande défaite.

Et je vis un rocher d'expiations, un roc sans espace et sans air, et l'homme-gloire pendant six ans mourait ; et puis, j'aperçus une humble pierre, des fleurs, des immortelles — et un sceptre brisé !!! C'était là que reposait le nouveau christ d'un peuple nouveau : on l'avait assassiné! on lui avait distillé le poison goutte à goutte, et lui, il s'en allait calme, résigné — laissant, avec son dernier soupir, s'échapper une pensée dernière, qu'il donnait à sa grande patrie!

A quoi bon ces travaux immenses, cette gloire gigantesque, ces trophées et ces triomphes? Ton nom sera proscrit; ta famille, que réclamaient les trônes, sera errante, dispersée; ces couronnes, qu'elle portait avec tant de majesté, tomberont avec ton dernier soldat; et pour toi, le silence de la tombe remplacera le bruit des camps!

1815 — 1830.

Et ce sera des années d'amertume et d'angoisses que celles-là ; et un voile épais couvrira nos triomphes passés et nos gloires.

Et il sera des infâmes qui brûleront le drapeau devant lequel ils se courbaient ; il sera des infâmes qui cracheront dessus, le front haut, le cœur tranquille, l'œil sec ; et ces hommes-là pourtant se seront prosternés devant la majesté de l'aigle; ils auront adoré le soleil, quand le soleil courait majestueusement sa course; ils auront adoré le maître, quand il ne manquait au héros, pour être Dieu, que l'éternité.

Infâme apostasie!

Honteuse expiation!

Lâcheté horrible et incroyable!!

Et en ce temps-là, la France portait, en signe de douleur et de deuil, un long crêpe funèbre: elle pleurait son enfant d'adoption; et son mâle visage était baigné de larmes abondantes et amères. Il lui manquait, pour la faire vivre, le bruit du fer, l'éclat resplendissant des armes, et, dans cet état anormal, elle se sentait dépérir comme la fleur des champs étiolée et manquant d'air.

Et c'était lamentable en vérité : cette France si fière et si belliqueuse était prosternée et à genoux, et les peuples qu'elle avait terrassés et vaincus se tenaient devant elle, riant de la voir si bas, —et l'insultant, — et l'outrageant, — et l'humiliant, — et lui donnant le coup de pied du lâche.

Oh! pleure, pleure bien, pleure encore! Tes champs sont envahis; le cosaque dans tes cités fait sonner son aigre clairon, et de sa botte, il insulte à tes vieux monuments!

Oh! pleure, ma pauvre et toujours belle France, pleure! La cavale affamée de l'étranger ne laissera pas à l'ormeau une feuille; elle broutera jusqu'à l'herbe, jusqu'à la fleur de tes prairies; elle ne laissera pas de verdure dans tes riches campagnes. — Oh! va, tu peux bien pleurer, quand tes enfants désolés sont en larmes.

II.

Et cependant, la race des vieux rois avait demandé une chambre à ce palais impérial, trop étroit quand vingt têtes couronnées venaient mendier un regard du dictateur.

Cette vieille race, guêtrée et en habits de voyage, s'installait sans bruit et en cachette dans ces Tuileries orgueilleuses, où venait s'encombrer, quelques mois avant, un embarras de rois; et les murs, en voyant ces nouveaux habitants, leur jetaient à la face le nom qui s'était gravé sur la pierre, le nom de Napoléon Bonaparte! Et tous ils tremblaient et ils pâlissaient.

Et il y avait long-temps qu'ils étaient là; il y avait long-temps que le pays et le peuple gémissaient sous ce joug de flétrissure; et ils croyaient, ces rois passés et sans prestige, que leur domination serait éternelle, parce qu'ils donnaient au pays un rejeton douteux. Illusion qui doit s'évanouir, rêve qui sera bientôt détruit!

Mais, écoutez: c'est comme un bruit sourd que l'on entend; il rase la terre, puis il s'élève: c'est d'abord comme le mugissement de la vague contre la falaise, c'est d'abord comme le grondement de la foudre; — et puis soudain, c'est le canon qui parle, c'est le bronze avec sa grande voix, le bronze des batailles qui hurle; et, à travers tout cela, on entend le cri des blessés, le plaintif gémissement des victimes : on distingue le dernier soupir du citoyen qui n'est plus!

C'est 93 avec sa force et sa volonté; c'est un roi qui descend violemment d'un trône qui le repousse; mais c'est 93 sans son vandalisme, sans ses échafauds nombreux : c'est toujours le peuple grand, c'est toujours la royauté faible; — de plus, aujourd'hui, elle est traître et parjure, et c'est elle qui a provoqué le sang. L'insensée! que l'exil lui soit léger, — et qu'il soit éternel comme le souvenir de ses actes et de son oppression!

1830.

« Alors les peuples feront de leurs épées des socs de charrue, et de leurs lances des faulx.

» Un peuple ne tirera plus l'épée contre un autre peuple, et ils ne combattront plus les uns contre les autres.

» Chacun se reposera sous sa vigne et sous son figuier, et ils n'auront plus d'ennemis à craindre. »

Le Prophète MICHÉE.

Et le rameau, se détachant de la branche-mère, s'était séparé d'elle. Il se entait sur un sol qui devait le féconder, et ses racines ne devaient plus recevoir un seul ébranlement.

Et il y avait cinq jeunes rejetons qui grandissaient autour, et ils donnaient au tronc un reflet de jeunesse et de puissance; et toute une nation s'abritait sous leurs ombrages protecteurs.

Le chêne était roi! on l'appelait Louis-Philippe Ier.

Et c'était un prince affable; on voyait sur son front ce que je ne sais quoi de grand qui séduit; et sa marche au milieu du peuple était une marche triomphale.

Et il entourait son trône d'institutions libérales; il adoptait pour devise et pour règle : Tout pour la nation! et la nation, après quinze années de despotisme, prenait courage et respirait.

Et deux jeunes princes, arrachant la patrie à sa somnolence, lui cueillaient des lauriers.

Ils consolidaient, chez un peuple voisin, la liberté — et de là, sur une plage étrangère, ils allaient gagner des batailles, affermir une noble conquête, et porter à des barbares notre civilisation, nos mœurs et des germes de prospérité.

Et au milieu de ces joies et de ces fêtes, il y avait des jours de deuil; et Dieu n'envoyait des larmes à son peuple que pour l'éprouver : il voulait montrer à la nation qu'il protégeait, que sa main était étendue sur elle, et que son roi avait une providence sur laquelle il pouvait compter.

Et sept années s'étaient écoulées depuis cette convulsion terrible, où le peuple mitraillé et vainqueur avait fait un choix au milieu des barricades : c'était l'an sept de la liberté reconquise!

Et je vis une jeune princesse qui venait augmenter de ses grâces et de ses vertus cette famille citoyenne, si aimée, et si riche de son brillant avenir; des flots de populations ondulaient devant elle, regardant avec un légitime orgueil cette future reine, qui devait encore ajouter à l'éclat déjà si beau du trône.

Et il y avait des fêtes qui étonnaient jusqu'à l'imagination; les vieux palais s'agitaient comme d'une vie nouvelle : c'était pour eux un nouveau baptême.

Et ces temps-là semblaient éternels; les événements se succédaient, et à côté de chaque grand fait s'inscrivait le nom de d'Orléans! On eût dit que cette race si jeune et si forte, que cette famille populaire, voulait faire oublier notre glorieux passé : après les incertitudes et le fléau d'une guerre de trente ans, qui ne fut, à vrai dire, qu'une seule et grande bataille, elle nous faisait goûter les avantages d'une douce paix; elle encourageait les arts, elle excitait l'industrie; et chaque jour, le peuple pouvait voir un pas nouveau, un progrès sensible. — La civilisation grandissait, et il y avait pour lui prospérité, et comme conséquence, bonheur matériel : c'était son âge d'or.

Comme les temps vont vite.

Je vous dis, en vérité, que cette génération ne finira point, que toutes ces choses ne soient accomplies.

Le ciel et la terre passeront, mais mes paroles ne passeront point.

SAINT MATHIEU.

Et c'était toujours la même chose; les siècles passaient avec la rapidité des heures, et la France, plus forte, avait créé une ère nouvelle : elle comptait depuis 1830 l'année de sa régénération.

Et elle en était à la deux cent vingtième, — l'an 2050 du Christ, — quand le sol, ébranlé jusque dans ses fondements, sembla frémir avec les soldats nombreux qui le couvraient.

Et l'on vit un jeune prince de cette famille royale qui s'éternélisait, jeter le cri de guerre, faire appel à la nation étonnée de cet appareil formidable et de ce faste militaire auquel elle n'était plus habituée ; et le peuple n'était plus occupé qu'à forger, fourbir et dérouiller des armes ; et vingt pays conquis abaissaient devant nous leur orgueil et leurs étendarts.

Et de nouveau, la victoire adoptait la France pour sa fille bien-aimée ; les rois, en fuyant, laissaient après eux leurs couronnes et leurs sceptres ; et les vieilles capitales de ces vieux empires n'étaient plus que des relais de roi.

Et, je vous l'ai dit, c'était l'an 2050 du Christ que cela se passait.

Et avant, long-temps avant cela, il y avait eu quelques jours de victoire. — Le pays déjà s'était ému ; la France avait voulu jeter son épée dans la cause des peuples, et elle l'en avait retirée puissante, mais ensanglantée; — elle l'avait retrempée dans la bataille, et c'était, cela, plus d'un siècle avant les temps où nous sommes arrivés. Et puis, elle s'était reposée, cette France gigantesque; elle s'était endormie, mais la main sur le sabre : sa tête s'appuyait sur le sommet des dernières Pyrénées; son bras allait s'accouder sur le versant des Alpes, et ses pieds baignaient dans le Rhin.

Et son attitude était tranquille et imposante : c'était le sommeil de la lionne quand elle dort auprès de ses jeunes lionceaux, alors que, fatiguée d'une longue course au désert, elle cède à la nature. Elle s'endort, mais gare à qui viendra la heurter en passant! — Le réveil serait terrible : quand le lion rugit, le sang doit couler.

—En cet endroit, le manuscrit était interrompu; six feuillets manquaient au livre, et il y avait :

. . . . :

. . . .

. . . . . Et c'était un spectacle qui rendait pâle : l'Europe entière, dans cette lutte fatale, se levait comme un seul homme, armée et menaçante; et le fer s'échappait des mains de ses soldats innombrables : nos guerriers, comme fascinés par ce je ne sais quoi d'infernal, laissaient passer ces hordes sanguinaires, et avec elles, leur chef qui les dominait, semblable à un mauvais génie.

Et bien peu, en ces temps-là, s'agenouillaient sur la dalle humide et froidie des temples; l'encens ne fumait plus aux pieds des autels, et de rares prières s'élevaient vers les cieux pour implorer le créateur.

Et on adorait l'Antechrist; il était venu avec ses armées de cavalerie nombreuses et rapides, et c'était l'orient qui l'avait vomi. — Et la prédiction de l'Apocalypse se trouvait accomplie et réalisée.

Et puis, il y eut un instant de calme : la terre fit silence, et l'on distingua une voix qui criait dans les nues — que les temps étaient arrivés.

Et l'on entendit le bruit des trompettes; les élus étaient rassemblés des quatre coins du monde, depuis une extrémité du ciel jusqu'à l'autre, et c'était un grand jour d'affliction et de deuil.

Et il y avait une voix qui disait : Je suis le fils de l'homme! et au milieu de cette lugubre obscurité, on vit s'avancer, sur les nuées du ciel, le fils de Dieu, et il était entouré d'une grande puissance et d'une grande majesté.

Et les mortels frappaient la terre de leur front; les tombes s'entr'ouvraient, et les morts, se débarrassant de leurs cercueils, s'en venaient là dans leur affreuse nudité.

Et les rois n'avaient plus de sceptres, et le peuple n'avait plus de haillons.

Et c'était un jour de terrible égalité, et c'était aussi un jour de terrible justice.

Et quand chacun eut été marqué du sceau du Dieu vivant, alors, il se fit, comme de concert, un silence profond, un silence glacial; — et le monde passa, et l'on n'entendit plus rien que les chants pieux des anges.

Et c'était, cela, l'an du Christ deux mil deux cent quarante!!

Et alors, je ne vis plus rien : ce n'était pas le chaos avant la création; ce n'était pas une masse grossière et informe; c'était un vide immense et lugubre, si toutefois c'était quelque chose : ce que je sais, c'est qu'il y avait là le doigt de Dieu!!

FIN.

www.ingramcontent.com/pod-product-compliance
Ingram Content Group UK Ltd.
Pitfield, Milton Keynes, MK11 3LW, UK
UKHW021203220726
13924UKWH00003B/1304